CINNÍN ÓIR

Cad a d'Imigh Uirthi?

Tiomnaímse an leabhar seo don mhaisitheoir a bhí
ina múinteoir i naíonra i mBostún sna 1930idí.
Ní rabhas in ann aon eolas breise a bhailiú ina taobh.

Gabriel Rosenstock

Arna dhearadh sa Bhreatain Bheag ag Bear
With Us

© 2024 Gabriel Rosenstock
CINNÍN ÓIR Cad a d'Imigh Uirthi?

Foilsithe i Nua-Eabhrac ag Cross-Cultural
Communications 239 Wynsum Ave, Merrick,
NY 11566 -4725 Stáit Aontaithe Mheiriceá

ISBN 978-1-7395610-4-8

Beatrice Dvilnsky a mhaisigh
www.justbearwithus.com

Athinste i bhfoirm
véarsaíochta ag
Gabriel Rosenstock

CINNÍN ÓIR
Cad a d'Imigh Uirthi?

Beatrice Dvilnsky
a mhaisigh

Daidí Béar, Mamaí Béar agus Babaí Béar,
Is breá leis an triúr acu dul amach faoin aer.

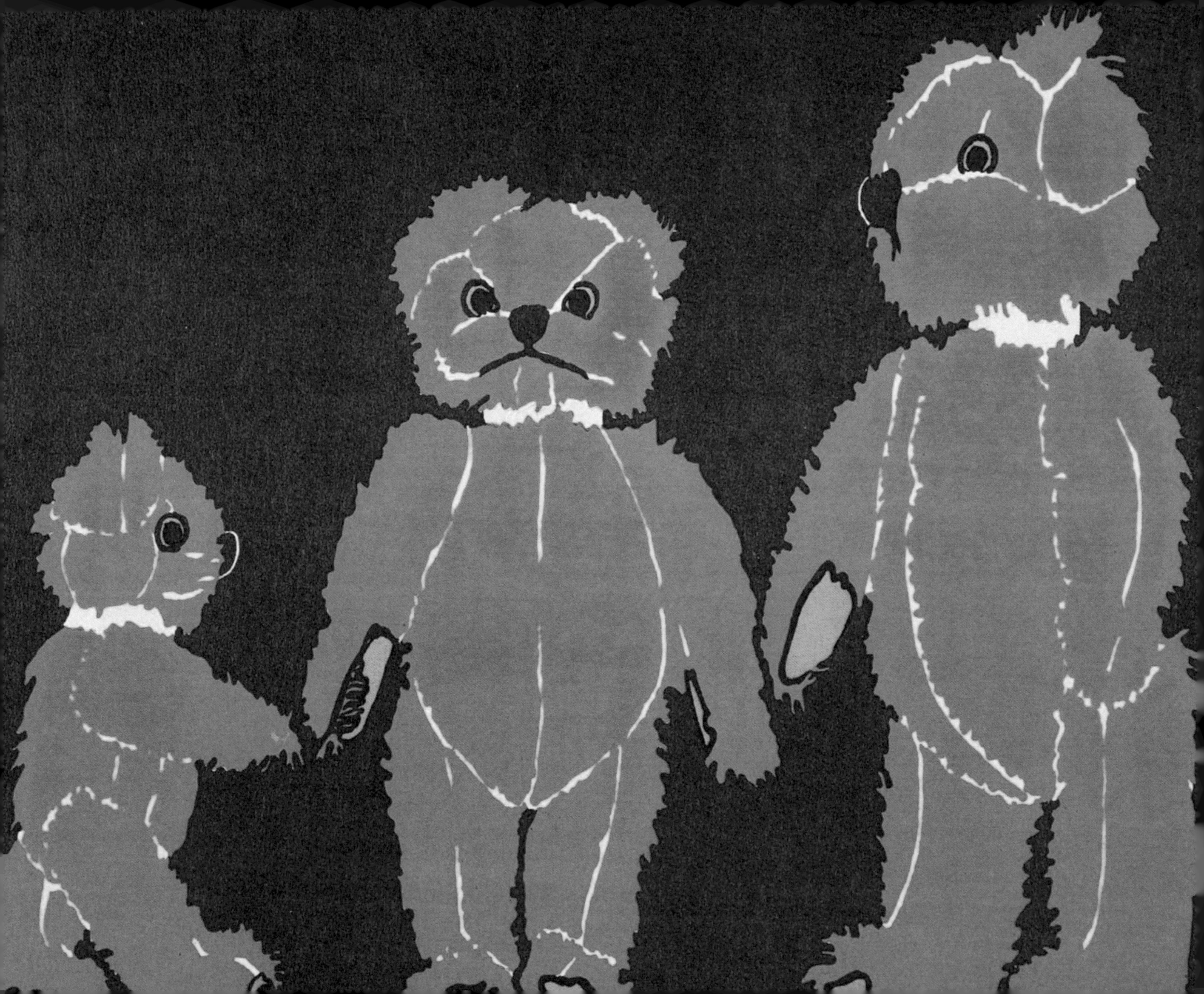

Ba leo an choill, ba leo na crainn arda,
Arsa Daidí Béar, 'Is mise an garda!'

Arsa Mamaí Béar, 'Is linne an áit seo!'
Is bhí Babaí Béar an-an-sásta . . .

Cuireadh tús leis an lá le leite agus amhrán:
'Leite leite, níl a sárú le fáil!
Is í an leite a chuireann an neart sna matáin!
Na rudaí a thaitníonn linn, leite agus grá –
Ó, agus airgead – airgead sa sparán!'

Théadh siad a chodladh gach oíche ar a seacht –
Bhuel, dhá nóiméad tar éis – le bheith ceart cruinn
beacht!

An bhrionglóid chéanna acu oíche i ndiaidh oíche:
Brionglóidí faoi airgead – riamh is choíche.

Maidin amháin arsa Daidí, 'Mo léir!
Tá an leite róthe, seo linn amach faoin spéir!'

Arsa Babaí le Daidí, 'An linne na scamaill?'
'Ní linn go fóill iad – ach b'fhéidir, i gceann tamaill!'

'A Mhamaí!' arsa Babaí, 'an linne na duilleoga?'
Arsa Mamaí, 'Na ceisteanna a bhíonn ag béiríní óga!'

Cé a tháinig ansin ach cailín beag álainn,
Ní fhaca sí an fógra, FAN AMACH!
PRÍOBHÁIDEACH!

Chnag sí ar an doras – agus chuaigh sí thar fóir –
'Oscail! Oscail!' arsa Cinnín Óir.

Isteach léi ansin ar a barraicíní,
Fiosracht a bhí uirthi – agus sceitimíní.

Bhí ocras uirthi freisin: 'Leite? An-bhlasta!'
Thaitin leite Bhabaí léi is d'ith sí í go gasta.

'Tinn atá mo chosa, tinn ón tsiúlóid,
Suífidh mé síos,' arsa Cinnín Óir.

Fiosracht, an dtuigeann tú, agus sceitimíní!
Bhris an chathaoir ina smidiríní!

'Luífidh mé siar! Tá gá agam le néal . . .'
Lig sí méanfach fhada nuair a d'oscail sí a béal.

Taibhríodh di ansin go raibh sí ina hiriseoir:
LEABHAR NUA FOILSITHE AG CINNÍN ÓIR!

Tháinig na béir ar ais ón tsiúlóid.
Boladh na gcrann uathu is boladh na nduilleog.

'Féach ar mo bhabhla!' arsa Babaí Béar, 'féach!'
'Folamh!' arsa Mamaí Béar agus lig sí scréach.

'Féach ar an gcathaoir!' arsa Babaí Béar de liú.
Léim Daidí Béar anonn ar nós cangarú:
'Ababú!' ar seisean, 'ababú, ababú!'

Arsa Daidí Béar ansin lena chéile caoin:
'Bíonn daoine mar sin ann–gan aon mheas acu ar mhaoin!'

Dhúisigh Cinnín Óir. 'Deas bualadh libh! Slán beo!'
'Ná tar ar ais,' arsa Babaí Béar, 'go deo!'

Rith Daidí Béar ina diaidh: 'Hé! A chailín ghránna!
Mo náire thú! Mo náire thú! Mo náire thú!
Mo náire!
Nach bhfaca tú an fógra FAN AMACH!
PRÍOBHÁIDEACH!'

Fíoraíodh an taibhreamh a bhí ag Cinnín Óir:
D'fhás sí suas le bheith ina hiriseoir:
Bhí rud amháin nár thaitin léi agus b'in an éagóir
'Boic mhóra an tsaoil seo? Téann siad thar
fóir!'